Hedda

AtV

EVA STRITTMATTER wurde 1930 in Neuruppin geboren. Sie studierte 1947 bis 1951 Germanistik in Berlin. 1951 bis 1953 Mitarbeiterin beim Deutschen Schriftstellerverband, seit 1954 freie Schriftstellerin. Sie veröffentlichte Kritiken, Kinderbücher, Gedichte, Prosa. Heinrich-Heine-Preis 1975. Lebt in Berlin und Schulzenhof, Kreis Gransee.

Gedichtbände: Ich mach ein Lied aus Stille (1973); Mondschnee liegt auf den Wiesen (1975); Die eine Rose überwältigt alles (1977); Zwiegespräch (1980); Heliotrop (1983); Atem (1988); Unterm wechselnden Licht (1990); Der Schöne (Obsession) (1997).

Prosa: Briefe aus Schulzenhof (I 1977, II 1990, III 1995); Poesie und andre Nebendinge (1983); Zwiegespräch (1986).

Kinderbücher: u.a. Brüderchen Vierbein (1958); Vom Kater, der ein Mensch sein sollte (1959); Ich schwing mich auf die Schaukel (1975).

Herausgabe: Erwin Strittmatter: Vor der Verwandlung. Aufzeichnungen (1995).

Ich fürchte den Tag, an dem meine Gedichte in der Schule behandelt werden könnten. Möge er nicht kommen! Poesie entsteht aus Worten und ihren Zwischenräumen, aus den geheimnisvollen Beziehungen zwischen dem Gesagten und dem Nichtgesagten, aus der Melodie der Worte und ihren rhythmischen Läufen, aus Anklängen und Mitklängen. In einem kleinen Gedicht können die vielfältigsten Elemente enthalten sein, es ist aber unnötig, daß man das auseinandernimmt und Kindern abfragt. Viel wichtiger ist es, daß sie sich einen Fundus an schönen Gedichten unverlierbar einprägen. Für ihr ganzes Leben, das muß freudig geschehen, nicht als Quälerei, ihr Verhältnis zum Wort, zum Klang ihrer Sprache, wird davon wesentlich bestimmt.

Eva Strittmatter. Aus: »Briefe aus Schulzenhof«, Band 2

Eva Strittmatter

Zwiegespräch

Gedichte

Aufbau Taschenbuch Verlag

ISBN 3-7466-1323-X

1. Auflage 1999
Aufbau Taschenbuch Verlag GmbH, Berlin

Umschlaggestaltung Torsten Lemme
unter Verwendung eines Gemäldes von Csontváry
Druck Elsnerdruck GmbH, Berlin
Printed in Germany

I

Zwiegespräch

Rühr mich an, Gras, sprich mit mir,
Graues Gras des falben Sandes.
Waldgras, Raingras, sprich zu mir
Ohne Worte des Verstandes.

Zungenloses, sprich mit mir.
Augenloses, sieh mich gehen.
So gewiß kam ich zu dir:
Du wirst mit mir einverstehen.

Rühr mein Herz, o sprich mit mir.
Es verlangt mich so nach Rührung.
Karges Gras, sprich karg zu mir.
Ohne Worte der Verführung.

»Armes Kind«, so sprich mit mir,
»Kennst du mich noch? Was soll werden?
Besser bleibst du jetzt bei mir,
Denn hier kannst du wieder werden.

Wie du warst.« So sprich mit mir.
Ja, ich hab es einst besessen.
Was es war, Gras, sag es mir.
Gras, ich habe es vergessen.

Utopia

Wer wird mir folgen, wenn ich gehe
Ins abseits ungelobte Land.
Freunde, die ich mir früh erfand
Und die ich noch von ferne sehe,

Werden mich ohne Liebe lassen.
Sie urteilen schon über mich.
Als Eichmaß setzen sie nun sich.
Und ich will ihrem Maß nicht passen.

Sie nehmen Welt, so wie sie ist,
Und suchen sie sich auszuschmücken.
Sie helfen sich mit kleinen Glücken.
Ich aber will *Landdasnichtist*

Utopia der Traum als Leben.
Und Liebe, Währung, die man *gibt*.
Ohne zu fragen, wen man liebt.
Denn liebend wird man ihn erheben.

Märkischer Juni

Das Silber der Gerste ist Bronze geworden.
Das silberne Bauchvlies der Felder verschwand.
Jetzt hat der Juni die Grannen geröstet.
Der Roggen wird falb. Satt liegt das Land,
Ein schlafendes Tier in der Mittagsschwüle.
Doch in der windigen Abendkühle
Bläst es kleine Fontänen Sand
Beim Atmen aus. Die staubigen Raine,
An denen Mulden voll Mohn verglühn,
Sind in Bewegung zum Kiefernhaine,
Den würgend wilde Holunder durchblühn.
Die Dörfer schlafen den Schlaf der Rosen,
Die dämmernd in sich versunken sind.
Hofhunde verbellen in mondscheinlosen
Halbnächten furchtsam das weidende Rind.

Trauer

Die glühenden Nächte im Juli.
Und der Tod kam über des Nachbarn Haus.
Sein kleines Kind ging aus
Wie eine Flamme.
Zwei Fledermäuse flogen nachts in mein Zimmer.
Sie weckten mich schwirrend im Dämmer gegen eins,
So ist das Leben also noch immer:
Da war ein Kind und ist nun keins.
Die Mutter habe ich, als sie klein war, gekannt.
Damals ist sie an meiner Hand gegangen.
Heut hielt ich wieder ihre Hand.
Mit Worten war nichts mehr anzufangen.
Die Trauerflügel der Fledermäuse
Durchflirren das beinweiße Gräberlicht.
Dunstschwüle drückt sich ins offne Gehäuse
Und tränt von meinem versteinten Gesicht.

Grüner Tag

Ich war bei der Nachtigall.
Der braunen mit dem blauen Schall.
Die wußte schon, was ich klagen wollt, all.
Und schlug es schmetternd in den Wind:
Tod oder Leben. Greis oder Kind.
Alles ist eins ist eins ist eins.
Was du besitzt, ist nicht wirklich deins.
Was einer singt, nur das ist seins.
Hin über die Kehle. Herauf aus der Brust.
Von Gipfel zu Gipfel. Von Lust zu Lust.
So sang die braune Nachtigall
Den grünen Tag mit blauem Schall.

Glaube

Mein Freund sagt, da ist keine Tür in der Mauer:
Nach dem Leben kommt nichts. Nichts führt nach
nirgend hinaus.
Er spricht zu uns mit spöttischer Trauer:
Wir leben. Nichts weiter. *Salut.* Und aus.

Er hat uns auch die Mauer genommen.
Es gibt keine Mauer: es gibt keinen Sinn.
Sinnlos sind wir zu leben gekommen.
Von nirgendwoher nach nirgendwohin.

Der einzige Sinn ist: entschlossen zu leben,
Einander so hilfreich wie möglich zu sein,
Gemeinsam die irdischen Lasten zu heben
Und uns von der Furcht vor dem Tod zu befrein.

Ich füge hinzu: es gibt auch das Schöne.
Das rauschende Blau ist das Leben wert.
Erst recht das Reich der bemeisterten Töne.
Und das Wort, das die Lust und das Leiden vermehrt.

Entdeckung

Für Christa und Günter Hoffmann

Erst diesen Sommer entdeckte ich
Den Nektargeruch der Distelblüten.
Bisher hatten sie nur Farbe für mich:
Nachbarlich nahe dem Blutweiderich,
Mit dem sie selbander die Wiese durchglühten
Und färbten das Grün mit feurigen Tinten
Aus gerötetem Blau und gebläutem Rot.
Das Herz, das die Distelflamme umloht,
Duftet narkotisch nach Hyazinthen.
Nur daß nicht eine Blüte es schafft,
Genügend Duftöl aus sich zu treiben.
Erst hundert Stauden haben die Kraft,
In die Lüfte ihr deutliches Zeichen zu schreiben.

Abend

Nach Matthias Claudius und Caspar David Friedrich

Abgründige Himmel abends:
Schlünde voll fließendem Licht.
Tiefer und tiefere Röte,
Die golden am Grund aufbricht.
Die milde Kühle der Gräser.
Der wilder grüne Geruch
Von Bärlauch, Beifuß und Nesseln.
Der irre Fledermausflug
Vor der verlodernden Ferne,
Die langsam niederbrennt.
Deutlich werden die Sterne
Zeichen am Firmament.
Die ärmsten Geräusche wachsen
Über ihren Ursprung hinaus:
Eine vereinzelte Kiefer
Klagt sich am Abendwind aus,
Als würd eine Tür geöffnet,
Zögernd, einen Spalt,
Und ängstlich wieder geschlossen:
Die Nacht kommt und ist kalt.
Ihre Krallen schärft die Katze
An der Regentonne nach.
Die Sperlinge atmen flacher
Unterm Sparren am Scheunendach.
Die Augen der Katze glimmen
Die Hopfenwand hinauf.
Ein Vogel schreit vorm Tode.
Und der Mond geht auf.

Roter Juni

Über die Gräser geht Blütenstaub.
Dunst geht über die Wiese im Licht.
Schottische Rosen stehn rot im Laub.
Aber die Rosen blühen noch nicht.

Noch ein paar Tage, noch eine Stunde,
Dann wird die erste Blüte aufgehn
Wie eine lange verheimlichte Wunde
Und sich dem heilenden Licht zudrehn.

Grüner Juni

Tropische Stimmung im märkischen Garten.
Regendünste dicken die Luft,
Sämig schon vom blühenden Duft
Der Holunder, die zu Wäldern entarten.

Als wir begannen, wurzelten wir
Schößlinge vier von dem wilden Flieder.
Jetzt beugen vierzig Bäume sich nieder,
Bekrochen von allerlei niederm Getier

Und durchflogen von Vögeln. Die blaue Meise
Ist wie ein Tropfen im Schaum versunken.
Da hat im Herbst die Drossel getrunken.
(Narkotische Kräfte zur glücklichen Reise.)

Nun fehlt nur noch, daß Kolibris fliegen
Durch unsern tropischen Regengarten.
Daß wir auf Paradiesvögel warten,
Läßt uns über alle Zweifel obsiegen.

Traumbild

Dort wo der Wind sich verliert –
Er stürzte über den Rand der Welt –
Wo der Möwenschrei sich verliert –
Den keines Menschen Ohr einbehält –
Da stehen Häuser nahe am Meer,
Die seit Jahrhunderten verlassen sind.
Das Meer ist grau und glatt und leer.
Verlassen hatte es der Wind.
Es ist auf dem Meer ein bleicher Schein.
Die Sonne steht so nahe dem Pol.
Nacht kann es sein. Tag kann es sein.
Es ist so geisterhaft und wohl.
Es atmet sich die Luft so leicht.
So freudig ist es ringsumher.
Im Schlaf war alles schon erreicht:
Tod-oder-Leben warn nicht mehr.

Ursubstanz

Die Worte sind wie Quecksilbertropfen.
Sie sind so flüchtig und rollen davon.
Sie sind kein Material zum Beklopfen.
Und sind auch kein geduldiger Ton.

Man glaubt sie zu fassen, für immer zu halten.
Und stößt sie in Wahrheit nur weiter fort.
Es gelingt einem manchmal, den Kern aufzuspalten.
Man gerät an die Ursubstanzen im Wort.

Man spürts an der eisigen Herzbeklemmung,
Die einen bei diesem Fange befällt.
Denn man greift mit frevelhafter Enthemmung
Nach der Ursubstanz von Leben und Welt.

Lebenswasser

Jenseits von Literatur im Licht.
Konkurrenzloser Lauf der Worte am Hügel.
Schlicht oder schlecht. Kein Gesetz, kein Gericht
Führt das geflügelte Wort am Zügel.

Der Gewittersturz hat den Hügel gebürstet.
Hat die Windhalmhaube des Hügels gestriegelt.
Ich habe nach reinen Worten gedürstet.
Doch der reine Quell ist verseucht und versiegelt.

So schöpfe ich Wasser aus Niederschlägen,
Ans Rinnsal und Pfütze mit hohler Hand.
Das läßt sich nicht filtern, nicht messen, nicht wägen.
Es fließt schnell ab, und zurück bleibt Sand.

Wir werden keine Brunnen mehr graben.
Keine Quellen finden, die jungfräulich sind.
Wie weit wir dran Schuld oder Unschuld haben?
Der Prophet ist taub und der Seher blind.

Doch was uns verbleibt, das wollen wir teilen.
Mit den Wassern, die fallen, das Leben uns stunden.
Mit den gesetzlosen Glaubenszeilen
Habe ich mich den Brüdern verbunden.

Freiheit

Wie es scheint, soll nun das meine Freude sein.
Die einzige Freude, die ich noch habe:
In der Sonne sitzen auf einem Stein.

Zu Füßen die Wiese im grünen Grund.
Eine Wildtaube fliegen sehen
Und mich erinnern mit lächelndem Mund.

Die heimliche Freiheit der Einsamkeit
Im stillen Monat September.
Das war schon immer die beste Zeit.

Lavendelfarbenes Bergknöpfchen blüht.
Um die Schafgarbendolden streift eine Biene,
Die sich zum Sommerende noch müht.

Das Bienensummen schläfert mich ein:
Ein freundliches kleines Nirwana.
Und die Sonne wärmt mein altes Gebein.

Wie es scheint, soll nun das meine Freude sein.

Bläue

Diese Septembertage: wie Bögen
Von Morgen zu Abend gespannt.
Früh Nebel. Kälte. Drei Stunden später
Steht eine kasachische Sonne über dem Land,
Das grün ist nach diesem verregneten Sommer.
An den Birken noch nicht ein gilbendes Blatt.
Die Weiseren wußten es: so wie immer
Findet auch dies Jahr der Ausgleich statt.
Wie gewaschen der Himmel. Von wirklichster Bläue.
Nur überm Walde von leisesten Wolken besetzt.
Noch jagen die Schwalben. Noch tragen die Bienen.
Und wollen wir leben – wann wenn nicht jetzt,
Wo die heimlichen Grillen noch lichtselig sind,
Wo der Rabenschrei nichts als Taglust bedeutet
Und die Wärme so stark ist, daß sich die Libelle
Noch mit Hoffnung der Nacht ihres Panzers enthäutet.
Triumphale Tage von Morgen zu Abend.
Blaue Bögen von Nebel zu Nebel gespannt.
Hohen Mittags träuft von der Wölbung die Bläue
Und erblüht als Viole im glücklichen Sand.

Unbehagen

Unbehagen:
Ich handle nie, wie ich handeln will.
Mir muß nur einer klagen,
Daß er mich braucht, schon halte ich still
Und mache zum Packpferd das Streitroß der Dichtung.
Das stampft beladen über die Lichtung,
Auf der meine Phantasieblumen sprossen.
In unserm Geschlecht liegt das Schicksal beschlossen.
Alles was weiblich ist, ist zu verführen.
Ist von der Schwäche des Mitleids zu rühren.
Kümmerlich bleiben die Schwingen, die Flüge:
Männliche Wahrheit und weibliche Lüge.
Hart ist die Wahrheit, die Lüge ist weich.
Arm ist die zweite, die erste ist reich.
Doch will die Arme aus Armut noch geben.
Wahrheit lebt nur ihr eigenes Leben.

Alle Erkenntnis verändert mich nicht:
Hilfe für Menschen kommt vor dem Gedicht.

Schöner Herbst

Bessere Tage gibt es noch immer:
Briefe kommen, man bleibt *doch* verbunden.
Abende gibt es mit Sonnenstunden.
Bücher von Freunden im friedlichen Zimmer.

Richtig verschnitten hab ich die Rosen.
Ende September blühn sie noch mal.
Sacht am Kalender dreht sich die Zahl.
Herbst wird es ohne Toben und Tosen.

Wohl hatten wir schon Reif in der Frühe.
Frostschwarz hängen die Kürbisblätter.
Jetzt ist fast wieder Sommerwetter.
Nächtlich im Wiesental weiden die Kühe.

Gut ist auch das, ihrem Atem zu lauschen,
Wenn man spät noch einmal am Birkenweg steht
Und ein Stern im Eis der Ferne vergeht
Und die nahen Wasser frühlinglich rauschen.

Gegenblüte

Seele seltsames Gewächs.
Gegenblüte zum welkenden Leib.
Die ich zerfallenden Zellen enttreib.
Duftender als die persischste Rose.
Die keiner ersieht. Die keinen umfächelt.
In sich wie eine Lilie lächelt.
Tiefviolett und tauüberfunkelt.
Eh sie im Abdruck der Worte nachdunkelt.

Wind

Kühler Abend ins Ungewisse
Anfang Oktober. Die Welt hat Risse.
Frost dringt hindurch. Es leidet
Mein Freund. Ich denke
Worte an ihn. Sagen
Kann ich die Worte nicht.
Daß ihn kein Mitleid kränke.
Wenn eins vom andern scheidet,
Schmerzen selbst Freundesfragen.
Es hilft nicht, wenn man spricht.

Kalter Abend, von Norden kommt Wind.
Wohl denen, die beieinander sind.

Erinnertes Glück

Vierter November: noch immer viel Licht.
Schonung der Seele durch mildere Tage,
Als sie sonst sind. Freundlicher Wind
Flüstert mir ein vergangene Sage:
Jenen verborgenen Wurzelgeruch
Von Kartoffeln und Rüben. Jetzt weiß ich ihn wieder.
Und falle vorm Bild der Großeltern nieder,
Die sie einst pflanzten. Ich war dabei.
In jedem Herbst half ich hacken und roden.
Und wie wir wendeten Plaggen und Soden,
Wurde dumpfer Wurzelruch frei
Und roch im Licht wie der Ursprung von Leben.
Und niemals nachher hat es Schönres gegeben.
Da war ich dem Glück nah. Eingemeindet
In den Kreislauf des Seins. Ihm noch nicht verfeindet,
Wie es später geschah, als der *Geist* mich stieß
Und verbot mir, zu knien und der Erde zu dienen.

Einst hat mich wie alle das Licht beschienen.
Ein emsiges Mädchen, das Eva hieß.

Pasternak

Einer ist hinausgegangen.
Und der Winter fiel auf ihn.
Mit ihm hat es angefangen,
Seltsam, so wie Vögel ziehn.
Und auch er zog in den Süden.
Wie wir alle suchte er
Wärme, so als ob die Wärme
Fern von uns zu finden wär ...
Schließlich fand er sie im Schnee.
Und nach einer langen Zeit
War er frost- und feuerfest.
Und er schrieb: es schneit, es schneit ...

Leben

Jahre des Sees und der Seele.
Jahre des Schnees von künftigem Glück.
Auf einmal war alles vorüber.
Schon bleibt die Sonne zurück.
Sie leuchtet noch auf dem Wasser
Und blendet vergehenden Schnee in uns auf.
Dann wird alles immer blasser
Und löst sich in Nebel auf.

Sieben Hügel

Gläsern werden die Tage.
Alle Bilder durchsichtig bis auf den Grund.
Ich habe keine Frage
Mehr an das Leben. Mein sonst williger Mund
Verweigert das Bekenntnis
Zu dem oder jenem. Ich will nur noch sehn:
Die Hügel unterm Himmel.
Sieben Hügel besänftigt von sieben Schneen.

Möglichkeit

Keinen kenne ich, der den Gesetzen entkam,
Die unser Leben bestimmen.
Auch wer allen Willen zusammennahm,
Mußte stromabwärts schwimmen.

Noch jeden hat Resignation befallen,
Wenn ihn das Alter ereilte.
Wie sehr er sich unterschied von allen:
Das wars, was er mit ihnen teilte.

Ich kenne auch keinen versöhnlichen
Gedanken gegen den Zwiespalt des Lebens:
Keinen Eingott, keinen Allgott, keine Ideologie.
Lang mühte ich mich vergebens,

Ein Gesetz zu finden, das etwas erklärt
Oder rechtfertigt wenigst in Teilen.
Doch was man lebend erlebt und erfährt,
Läßt sich mit Glauben nicht heilen.

Auch mit Denken kaum. Doch will ich mich nicht
Der Resignation ergeben.
Noch fühle ich als Verpflichtung das Licht
Und als Möglichkeit das Leben.

Frage

Wie richte ich mich in *Wirklichkeit* ein,
So daß ich leicht lebe, lebe mit Lust.
Ich kann nicht immer verantwortlich sein.
Zu vieler Pflichten bin ich mir bewußt.
Vielleicht ists auch Hochmut, sich *pflichtig* zu fühlen.
Daß meine Rolle zu mir nicht paßt,
Merke ich doch an dem zunehmend kühlen
Verhältnis zu ihr. Eine seufzende Last
Sind mir die Tage. Ich lebe schwer
Und könnte frei sein, leichter zu leben.
Vielleicht sag ich einfach: ich will so nicht mehr.
Soll jeder seins, ich wills Meine erheben.

Märzsonne

Die Meisen klingeln im Birkengeflimmer.
In den Weiden auch. Über Schnee und Schimmer
Scheinet auf Sonne das schöne Gestirn
Und löset die Klöpplein in Vögeleins Hirn.
Das klingelt und pingelt und rieselt vom Zweig:
Merket ihrs, merket ihrs, grün wird der Steig!

Heiteres Licht

Wie Duft erotisch wie Wohlgeruch
Die Stimme der Amsel wie Zauberspruch.
Ganz sinnlich wird mir lustig zu lieben.
So haben wir wieder den Winter vertrieben!
Nun soll mir kein arges Wort mehr entkommen!
Die Amsel hat mich zusammengenommen.
Heiteres Licht läßt die Wässerlein beben.
Ich pfeife mir eins. Spitzfindiges Leben!

Grünes Stück

Ja doch, es lebt sich! Nichts als Schimären,
Grillen gezeugt in Dunkelheit
Zirpten aus mir in finsterer Zeit.
Jetzt soll die Kehle sich wieder klären.
Ich singe ein Lied von Sonne und Glück.
Summe dem Frühling sein grünestes Stück.
Kontrapunktiert vom Gesumm einer Biene.
Dazu macht Leben zärtliche Miene.

Wunder

Innen bin ich schon ganz golden
Von Geheimnis und von Glück.
Ich verdank wohl einer holden
Fei mein lächelndes Geschick.
Nämlich heute sah ich zween
Vögel durch die Wiese schreiten,
Auf mich äugend aber stehn
Und dann ihre Schwingen breiten.
Schwere Schiffer leichter Lüfte
Hoben sie sich mit *»Elo-*
him!« So ertönts einst über Grüfte.
Und so tönte Jericho
Von Posaunen. Mir geschehen
Ist heut früh der Kranichschrei.
All so lernte ich zu sehen,
Daß das Leben gnädig sei.
Und das ist nur eins von vielen
Wundern, die mir warn und werden,
Von Geheimnissen, die spielen
Über, unter, auf der Erden.
Ja, ich danke einer holden
Frau mein gütiges Geschick.
Innen bin ich schon ganz golden
Von Gewißheit und von Glück.

II

Gebot

Lösch aus die Worte, die du fandest.
Sie sind gelebt, geliebt und satt.
Und was du im Gedicht verbandest,
Verlier es, wie der Baum sein Blatt
Verliert, sein abgelebtes Leben.
Wenn sich in ihm Zeit und Gezell
Zum Knospenkeim anheben.

Interruptio

Ich muß meine Trauer begraben
Um das ungeborene Kind.
Das werde ich niemals haben.
Dämonen pfeifen im Wind
Und flüstern im Regen und speien
Mir grade ins Gesicht.
Und mag auch *Gott* mir verzeihen.
Ich verzeihe mir nicht.
Es hat mich angerufen,
Es hat mich angefleht,
Ich sollt es kommen lassen.
Ich habe mich weggedreht.
Es gab mir kleine Zeichen:
Eine Vision von Haar.
Und zwei, drei Vogellaute
Einer Stimme von übers Jahr.
Ich hätt es sehen können,
Hätt ich es sehen gewollt.
Es war ja in mir entworfen.
Ich aber habe gegrollt
Über die Tage und Jahre,
Die es mir nehmen wird,
Und um meine grauen Haare,
Die Krankheit. Und, wahnwitzverwirrt,
Hab ich mich darauf berufen,
Ich sei *zum Schreiben bestellt*.
Dabei war vielleicht diese Hoffnung
Viel wichtiger für die Welt
Als all meine Selbstverzweiflung
Und die kleinen Siege in Grün,
Die ich dem Leben abringe

Und den Dingen, die dauern und fliehn.
Das schwere Recht der Freiheit
Hab ich für mich mißbraucht.
Und hab mich für immer gefesselt.
In Tiefen bin ich getaucht,
In Trauer bis zum Irrsinn.
Es brodelt noch neben mir.
Die unsühnbare Sünde
Unterscheidet mich vom Tier.

Frauenklinik

Der Himmel und die Ahornhände.
Vorm Fenster. Doch sehr nahebei.
Äthergeruch. Die toten Wände.
Sonntags Besuch von zwei bis drei.

Das ungeheure Türenschlagen.
Der Funkenflug im Kupferhaar
Der siebzehnjährgen Krankenschwester.
Salon der Betten. Und der Zar

Im Damenstaate: Bartlos. Reinlich.
Fleißschüler mit der ewgen Angst.
Ein Lächeln wär ihm seelenpeinlich.
Tröstlich, daß du an Trauer krankst

Und daß ein Lächeln dir zu schwer ist.
Wer aber schützt ihn vor der Gier
Der aufgeschwemmten alten Frauen?
Sie finden ihre *Hochzeit* hier,

Den Umschlagplatz der Sensationen,
Den Ausverkauf von Tisch und Bett.
Die Lebensweisheit der Matronen:
Die Liebe kleingeschmort und fett,

Nach einem Schmerz

Keine Signale im All.
Alles hat mich vergessen.
Hab wie ein Maulwurf gehaust.
Habe nur Erde gefressen.
Taumle nun taub und wie blind
Aus meinen Qualen ans Licht.
Aufwärts gerissen vom Wind,
Heb ich mein Menschengesicht.

Birkenmaß

Das Absolute: die Birke.
(Besser weiß ich es eben nicht
In meinem begrenzten Bezirke:
Die Birke und das Gedicht.)

Die Schönheit des Unbewußten.
(Das Freisein von Wissen und Schuld.)
Weiße Seide unter den Krusten
Und der Silberglanz großer Geduld.

Und immer und immer: die Bäume.
Wie ein ewiges Leben im Licht.
Und meine vergänglichen Träume,
Gehoben hinauf ins Gedicht.

Das halte ich manchmal daneben
Und meß es mit Birkenmaß.
Weil ich wissen will: wird es noch leben,
Wenn ich meine Träume vergaß.

Schnee

Heut fühle ich zum ersten Mal
Wie Tote fühlen, wenn es schneit.
Es schneit so einsam vor sich hin.
Und man hat für die Stille Zeit

Und horcht den kleinen Schneegeräuschen,
Dem Knistern, Flüstern oder was.
Und man braucht niemand mehr zu täuschen.
Und es gibt Schnee und nichts als das.

Und man lernt gründlich, was die Welt war,
Die grüne, die von Gras und Stein,
Und wie geräumig der Fleck Erde,
Der schien uns sonst so seltsam klein

Und nimmt nun uns auf und nimmt andre,
Die nach uns kommen nach der Zeit.
Und nahm die Fremden, die vor uns warn.
Und auch auf sie hat es geschneit …

Gefühl

Meine Liebe ist so trivial
Wie eure gewöhnliche Liebe.
Und größer wäre auch meine Qual
Nicht als eure, wenn ich nicht schriebe.
Niemand hat noch die Stärke gemessen,
Die ein Gefühl in Wahrheit besitzt.
Wir kennen bisher nur den Ausdruck dessen,
Was in uns allen donnert und blitzt.
Es sind nur Worte, die uns unterscheiden.
Und wenn ich sie schreibe, vergesse ich nicht,
Daß auch die andern das Meinige leiden.
Und ich nehme das Ihrige in mein Gedicht.

Forderung

Laßt mich in Ruh. Fallt mich nicht an
Mit Rühmlichkeiten und mit Reden:
Was man von mir erwarten kann.
Macht keinen Anspruch an mich. Jeden
Gedanken, den ihr mir aufzwingt, stoß ich ab.
Ich sehe, was ich seh. Und geben
Kann ich nur, was ich in mir hab.
Das geb ich ganz und geb *mein* Leben.

Farbenzeiten

O Farbenzeiten. Blaue Zeit.
Blau war die Kindheit. Eine Weile.
Nun wächst in mir die weiße Zeit.
Die ich mit Mond und Wermut teile.

Solche Nächte

Dann sind solche Nächte: da ist alles zu Ende.
Keine Hoffnung gibt es. Und kein Glaube gilt mehr.
Nichts deutet hin auf Wunder und Wende.
Und das Leben ist einfach nur dumm und schwer.

Alles widersteht uns. Nichts läßt sich bewegen.
Unsre Kräfte sind im Verhältnis zu klein.
Und das Beste ist noch, sich schlafen zu legen.
Und im kleinen Schlaf nah dem großen zu sein.

Seltsame Morgen, wie nach Exzessen.
Aus Tiefen reißt der Tag uns ins Licht.
Noch im Schlaf hat uns der Dämon besessen.
Und Entsetzen verzerrt uns früh das Gesicht.

Zwei Gedichte des Unmuts

1

Ich fühle so verwildert, daß die Worte
Wie Trümmer in mir liegen, wie versprengt.
Steinödnis. Wüste nach Lawinen.
Grauen, auf das sich Nebel senkt.

Die Bänder dehnen sich, die mich verbinden
Mit andren Menschen. Sie sind ausgeschlafft.
Und die Bewegung kann ich nicht mehr finden,
Mit der man Herzberührung schafft.

2

Ich bin wie von mir abgetrennt.
So ausgeraubt
Und ausgegeben.
Verschleudert habe ich mein Leben
Und bin vom Reden wie ertaubt.
Wenn man mir meinen Namen nennt,
Weiß ich nicht, wen man damit meint.
Ich wart auf einen, der mich kennt
Und mich mit mir wieder vereint.
Verkaufte ich nicht meinen Schatten?
Verlor im Spiegel mein Gesicht?
Die Unschuldstage, die wir hatten,
Veräußerte ich im Gedicht.

Frühling

Man irrt sich, wenn man den Winter nimmt
Als gesetzliche Klagezeit
Um den Sommer, der verloren ist, und
Häkelt ein Leibchen aus Leid.

Mit einmal steht man baß dumm da:
März ist und nichts bereit!
Wohin mit dem härenen Zährenhemd?
Woher ein Frühlingskleid?

Man muß es schon im Winter machen.
Einen leuchtenden Protest
Gegen Kälte und all die vergänglichen Sachen.
Aus dem unvergänglichen Rest.

Warnung

Mir fehlen nur die Schuhe,
Um in die Welt zu gehn.
Täuscht euch an meiner Ruhe:
Einmal wirds doch geschehn.

Habe ich erst die Stiefel,
Da mit ich waten kann
Durch Schlamm und tiefe Wasser.
Fang ich zu wandern an.

Mir schmeckt seit einem wieder
Das bloße Brot vertraut.
Das hatt ich zwanzig Jahre
Rein nicht mehr angeschaut.

Hab alles. Kann mehr kriegen.
Will aber nur noch: Brot.
Will Gram und Gier besiegen.
Will fliehn vorm satten Tod.

Zoll

Meine Dichtung ist ein *Schlüsselin*,
Mit dem ich die Welt aufschließe.
Im allersimpelsten Schlüsselsinn:
Ohne meine Verse ließe
Man mich nicht nach überallhin,
Wo ich hingehen wollte.
Es handelt sich um Lebensgewinn,
Den ich mit Leben erzollte.

Gefahr

Ich war in letzter Zeit in äußerster Gefahr,
Mich einfach fallnzulassen.
Ich, die so standhaft war
Gegen das Alter, fing doch an,
Mich meinen Jahren anzupassen,
Und fragte: Ob ich *das* noch kann?
Und jenes, soll ich es nicht lassen?
Das ist die Probe: Hab ich Kraft,
Dem Selbstmitleid zu widerstehen,
Oder bin ich schon so erschlafft,
Mich vor dem Leben vorzusehen?
Ich helfe mir, indem ich mich
Bewußt belaste und bebürde.
Und meine Kraft erneuert sich.
Und ich bezwing auch diese Hürde.

Was heilig ist

Heilig sind Kinder. Der große Entwurf
Einer Gestaltung, die nie ganz gelingt.
Für deren programmierte Entfaltung
Keiner von uns die Geduld aufbringt.
Wir haben so sehr mit uns zu tun,
Daß wir sie achtlos aufwachsen lassen.
Wir sorgen für sie mit Kleidern und Schuhn
Und lehren sie, nicht die Zeit zu verpassen.
Wir unterwerfen sie der Dressur
Und bequemen sie den Verhältnissen an.
Manchmal erschreckt uns ihre Natur:
Die Unschuld, der man nicht antworten kann.

Nach Lewitan

Ich bin eine einsame Kirche im Norden
Unter bleichem Himmel an einem See.
Wenn es kälter wird, fällt auf mich Schnee.
Ich bin von Holz und brüchig geworden

Und bedeute nichts weiter, als hier zu stehn
Unter Himmeln und um mich Wolken fliegen.
In einem Namen kann keiner siegen.
Kein Recht und Unrecht wird durch mich geschehn.

Sonntag

Sonntag, der heilige Tag, und Gott ruhte.
Und auch wir Atheisten ruhn:
Unerlöst vom Erlöserblute.
So müssen wir wohl was Besseres tun
Als Beten und Singen und Händefalten.
Was kann für uns der Sonntag sein?
Wir unterscheiden uns nur von den Alten,
Wenn wir uns aus der Dumpfheit befrein.
Spielen wir *Freiheit* und leugnen die Schwerkraft,
Fliegen wir mit den Kindern im Wind
Und unterwerfen wir uns Land und Landschaft.
Einen Tag Leben, allweise und blind,
*Nicht*programmiert und *nicht*ferngesteuert,
Können wir haben, wenn wir nur wolln.
Und wir erkennen, im Fluge erneuert,
Was wir hier unten bewirken solln.

Brot

Man muß sein Brot mit gar nichts essen.
Mit nichts als Licht und Luft bestreut.
Gefühle, die man ganz vergessen,
Geschmack und Duft der Kinderzeit,
Sie sind im trocknen Brot beschlossen,
Wenn man es unterm Himmel ißt.
Doch wird die Weisheit nur genossen,
Wenn man den Hunger nicht vergißt.

Gegen Gewohnheit

Heut bin ich von meinem gewohnten Gang
Durch die Wiese abgekommen
Und habe den jenseits liegenden Hang
Des Tals in Besitz genommen.
Zwischen Windhalm, Wolfsmilch und Wegerich
Standen Stiefmütterchen im Kraut.
Am ersten September und sommerlich!
Der Hügel war ganz überblaut
Von einem Wunder, das keiner sah.
Auch ich hätt es nicht gesehen
Ohne den Zufall, der mir geschah.
Sonst würde ich hier nie gehen.
Ich wurde von andren Menschen gestört
Bei meinem üblichen Morgengang.
Und ich war zornig und dachte: Gehört
Mir das Tal nicht allein und schon lang?
Was wollen sie hier zu so früher Stunde?
Ich brauche den Platz. Sie nicht.
Und dabei, wie ich die Wiese umrunde,
Verwandelt sich der Verzicht
In großen Gewinn. So ist es im Leben:
Gewohnheit hält uns zurück.
Und manches Mal sind wir ganz dicht daneben
Und gehn doch vorbei am Glück.

Nähe

Der letzte Oktobermorgen:
Eine Feier aus Reif und Licht.
Die ausgeleuchtete Ferne:
Perspektive für mein Gedicht.
Aber das Nahe verzaubert:
Geglimmert von Frost ist das Gras.
Winterlich weiß ist der Windhalm:
Wie venezianisches Glas,
Verfeinert zu Spitzenkaskaden,
Wogt es über die Hänge hin.
Das Licht trifft auf Myriaden
Facetten. Darin
Entzündet es die Farben.
Das Spektrum schließt sich auf.
Diamanten werden verschleudert.
Doch nur für Augenkauf.
Und nur in der Schatulle
Erinnrung verwahrt man sie.
Da wächst und wächst der Reichtum.
Und der entwertet nie.

Irdisch

Die elementare Dankbarkeit
Gegen das irdische Leben
Vergißt man zu gern. Von Zeit zu Zeit
Muß man sich dazu erheben.
Das Gute ist uns zu sehr vertraut,
So daß wir es nicht mehr sehen.
Wir sind so sicher in unserer Haut,
Als könnte uns nichts geschehen.
Wir nehmen das Erwachen hin,
Als wäre es selbstverständlich,
Und denken: das Licht ist nur, weil ich bin.
Doch unser So-Sein ist endlich,
Und immer sind wir von Verwandlung bedroht,
Etwas kann uns vom Tage trennen,
Daß wir das irdische Element Brot
Nicht mehr brauchen und nicht mehr kennen.
Mit diesem Bewußtsein wolln wir es essen,
Und alles um uns wolln wir sehen,
Als hätten wir es noch niemals besessen
Und als müßten wir heute schon gehen.

Augenblick

Ich will mich für nichts mehr bewahren,
Was noch kommen könnte,
Und will an mir nicht mehr sparen.
Was ich mir bisher nicht gönnte:
Die lässige Hingabe an den Tag,
Die gönne ich mir nun endlich.
Und alles ändert sich mit einem Schlag.
Ich leb nicht mehr überwendlich.
Ich freue mich, daß ich die Freiheit habe,
In der Frühe durch diesen Schnee zu gehn,
Und daß ich dem Schnee meine Spuren eingrabe,
Und daß mich das Licht und die Kälte anwehn.
Da ist das Geheimnis des Glückes entsiegelt:
Der *Augenblick* kennt kein Ungemach.
Und wie sich rötlich der Himmel spiegelt
Im schwarz unterm Schnee verrinnenden Bach!
Ich habe zuviel von Erwartung gelebt.
Und Fäden zu fremden Menschen gesponnen.
Und aus diesen Fäden Träume gewebt.
Und immer von neuem die Hoffnung begonnen,
Daß etwas in der Ferne geschieht,
Das bis zu mir herüberreicht
Und mich zu sich hinüberzieht,
Etwas, das nichts auf Erden gleicht.
Jetzt akzeptiere ich mein Geschick
Und seine Ganzalltäglichkeit.
Und ich begreife den Augenblick
Als *meinen* Anteil an der Zeit.

Aufschwung

Das erste Fest des Lichtes
Der blauen Sonne im März.
(Nüchternheit des Berichtes!
Vermeidung des Wortes *Herz*!)
Die Amseln, die Meisen, die Spechte.
Der große Sturm überm Land.
Und das vergangene Schlechte
War etwas, das man erfand,
Weil Winter war und Verzweiflung
Über das fehlende Licht.
Salto mortale. Aufschwung!
Vergessen ist der Verzicht
Auf Jugend, Irrtum und Liebe.
Und wieder beginnt der Beginn.
Und wenn nur *ein* Frühling bliebe:
Unendlich nehm ich ihn hin.

Wetterprotokoll

Der Wind beherrscht den Morgen.
Das ist ein Sonnenwind:
Die Nacht war kalt. Und ehe
Der Frühlingstag beginnt,
Gehen Erdkälteströme
Gegen die Sonne an,
Die sie erst gegen neun Uhr
Neutralisieren kann.
Doch zwischen sechs und neun Uhr
Wirbelt es auf den Wegen.
Gräser und Bäume müssen
Sich vor dem Winde legen.
Erst ist der Himmel ganzblau.
Dann steigt der Erddunst auf,
Verwandelt sich in Wolken,
Der Wind bringt sie in Lauf.
Von Ost nach Süd, von Morgen
Nach Mittag ziehn sie hin.
Gesehn am vierundzwanzigsten
April bei Tagbeginn.

Waage

Alles ist immer wieder möglich:
Unendlich ist die Möglichkeit,
Das Leben neu zu variieren.
Solang wir leben in der Zeit,
Können wir alles neu anfangen:
Den Tag, die Nacht und auch: die Liebe.
So groß ist niemals unser Leid,
Daß nicht noch Freude in uns bliebe
An unserer Kraft. Sind wir zu weit
Von unserm Werte fortgegangen,
Sinkt ein Gewicht in uns. Es fällt
So lange, bis die Waage gleichsteht:
Unsre Verzweiflung und die Welt
Als Möglichkeit, die für uns handelt.
Wir sind niemals mit uns allein.
Und alles, was geschieht, verwandelt
Uns in ein Ganzes: Teil vom Sein.

Weiden

Einst hab ich drei Weiden besungen.
Eine ist nur geblieben.
Ich habe drei Weiden besungen.
So sind auch drei Weiden geblieben.

III

Genealogie

Jetzt streiten sich die väterliche
Und die mütterliche Sippe um mich.
Welche hat mir das *Talent* vererbt?
Die *Gens* versammelt sich.
Die väterliche Linie weist den Großvater vor,
Der zwar nicht schrieb, doch als Halbkünstler galt.
Malermeister, der sein Vermögen verlor.
Er versoff das Geschäft. Ein Mensch ohne Halt.
Seine Frau mußte sich von ihm scheiden lassen.
Wegen der Schande. Die Töchter waren schon groß
Und gezwungen, in der Kleinwelt der Stadt Fuß zu
  fassen.
Sie sagten sich von dem Alten im Radmantel los.
Der erschien auf Rügen in Seglerschuhen
Und weißer Mütze und schöpfte dort,
Wenn er nicht vorzog, sich auszuruhen,
Mit Farbe und Pinsel von Ort zu Ort.
Einmal ist er auch in dem Dorf aufgetaucht,
In dem die Familie meiner Mutter wohnte.
Der Kirchenanstrich war abgebraucht.
Und weil man ihn erst nach Arbeit entlohnte,
Hat er das Kirchenschiff rosa gestrichen
Und das Deckengewölbe mit Laub überdacht.
Als ich Kind war, war die Farbe noch unverblichen,
Und ich wußte: das hat der Großvater gemacht,
Den ich nicht kannte. Doch man sagte: er lebt.
Und einmal hab ich ihn wohl gesehen.
Verschwommen, so wie ein Schatten verschwebt,
Sah ich den Alten im Fernen vergehen …
Mein Vater hat die Geige gespielt.
»Überhaupt spielte er alles. Und ohne Noten.«

Ich weiß nicht, wie es sich damit verhielt.
Seit dreißig Jahren ist er bei den Toten.
Seine Schwestern galten als *geistreich* und waren dick.
Zu diesem Erbe muß ich mich bekennen.
Die Mütterlichen waren dünn, wie gedreht aus Strick.
Armeleute, gemacht zum Bücken und Rennen.
Doch in ihnen war was vom Geist der Rhapsoden.
Sie psalmodierten Lebensgeschichten.
Ihr Leben wuchs aus kärglichem Boden.
Doch Reichtum gewann es in ihren Berichten.
Und Weisheit blühte als kleine Blume,
Ein Küchenkraut wie Thymian.
»Ja, aus der Schwyz kam der Großmutter Muhme.
Und Schuster war der Elterahn!«
Von wem hab ich also das Zweite Gesicht,
Die Flötentöne des Rattenfängers,
Die Wortlust, die sich Kränze flicht,
Die Seele des heimlichen Liedersängers?
Es waberte wohl wie Nebelschwaden
In Menschen, die mir voraufgegangen.
Erst mich schlang das *Schicksal* in seinen Faden
Und ließ mich so überm Abgrund hangen.
Ich leide es. Und sie sind stolz.
Man rühmt mich ihnen. Sie heimsen es ein.
»Ist sie nicht entsprossen unserem Holz?
Da konnte es nicht anders sein ...«

Nordwind

Feindliche Strömungen
Dringen zu mir.
Wahn springt mich an,
Haß, Neid und Gier.

Wer sich hinauswagt unter die Leute
Mit Worten, im Vertrauen geschrieben,
Ist wie das Lamm vor der hechelnden Meute.
Doch gibt es auch Menschen, die mich noch lieben.

Das ist eben Leben, wie Leben ist.
Und wie es gegeben wird, wird es genommen.
Es ist nur der Preis, den man vorher vergißt.
Auch hätt ich es gern etwas feiler bekommen.

Mir ist nicht heiter, doch kann ich wohl sagen,
Das kleine Brennesselgrün ist mir lieb
In diesen kalten aprilenen Tagen,
Denen der Nordwind die Milde austrieb.

Die Kette

Woher soll mir eigentlich Heiterkeit kommen?
So viele verzweifelte Menschen gehn um.
Gewöhnliche Leute, alltäglich stumm,
Doch mehrere haben mich angenommen

Als Freund mir um Rat geschrieben.
Als ob ich Rat zu verteilen hätte!
Ich kann nur sagen: hängt euch in die Kette,
Haltet einander, verzagt nicht zu lieben,

Auf daß ihr nicht stürzet ins Bodenlose,
Daß euch der Abgrund des Nichts nicht verschlingt.
Hört, wie die Amsel doch abendlich singt!
Seht doch, auch ihr seid benachbart der Rose!

Ausgleich

In den Maifrösten waren die Eichen erfroren.
Im Juni treiben sie Blätter nach.
Zärtliches Grün trübt mir die Augen.
Wie wenn mir einer zärtlich sprach.

Geheimnis

Einen Tag scheint es: gar nichts geht mehr.
Andern Tags: alles kann wieder beginnen.
Gestern war mir das Leben zu schwer.
Heute bin ich bei allen Sinnen.

Woraus der Wechsel sich immer ergibt?
Ich habe mit meinem Leibe geliebt.

Spanischer Wein

Das windige Grün im verregneten Juni
Und widerstehendes Lebensgefühl.
Die Schwäche der Schwüle ist von uns gefallen.
Wir nehmen es wieder auf mit allen.
Der Kopf ist klar, sind die Tage kühl.
Heiho, wie es wächst! Die verkümmerten Gräser
Warn auf dem Sprung, neues Grün auszutreiben.
Wir füllen mit spanischem Wein unsre Gläser.
Auf den Wandel, Freunde! Es wird nicht so bleiben.

Ahnung

Ich wußte ja, daß es kommen wird,
Daß all meine Kinder von mir gehen.
Doch dachte ich nicht, es soll jetzt geschehen.
Es ging so schnell! Ich bin wie verwirrt,
Als würde ich krank, als hätte ich Fieber,
Mir ist zum Weinen, weil nun auch mein lieber,
Noch eben kleiner Sohn mich verließ.
Die Zeit ist vorbei, da es »Mutter!« hieß
Als erstes Wort morgens, als letztes zur Nacht.
Was haben wir mit dem Leben gemacht,
Daß es so jagend vorbeigeschnellt ist.
Nun nur noch Schmerz, der sich nicht mehr vergißt,
Weil es ihm keine Heilung gibt.
Ich habe die Söhne als Kindlein geliebt,
Als mein als mein als selbstausgebrütet.
Und Eifersucht hat sie großgehütet,
Nun zeigt es sich, daß sie Menschen sind
Mit ihrem Recht und niemandes Kind.
Und ich bin ledig so wie vor Jahren,
Arm aber reich am Leben erfahren.
Und Ahnung von Möglichkeit wandelt mich an:
Ich kann neu beginnen! Wenn ich es kann.

Einsicht

Illusionäres Bemühen, mich umzubauen,
Das Intellektuelle zu hypertrophieren.
Ich bin wie all diese ländlichen Frauen
Zwischen Haus und Garten, Kindern und Tieren.

Mir ahnet nun, daß ich endgültig bin,
Wie ich bin. Ich werd mich nicht ändern.
Das Leben lebt sich nach Tagen hin.
Und sehn ich mich auch nach leichteren Ländern,

Ich werd diesem Sandland niemals entkommen,
Auf dem Hügel vorm Haus wird man mich
einst begraben.
Dann heißt es: sie hatte sich angenommen.
Überein stimmt ihr Saldo. Sollen und Haben

Hat sie poetisch zum Ausgleich gebracht.
Büchlein Lieder hat sie hinterlassen.
Nur ich weiß es: ich war anders gedacht.
Doch konnte ich nie die Entschlüsse fassen,

Die nötig waren, um weiter zu gehen,
Fort aus dem Dunstkreis von Heimat und Haus.
Allein auf eisigem Gipfel zu stehen,
Dazu reichten meine Kräfte nicht aus.

Und weil so viele mir ähnlich waren
Zu meiner Zeit, unter Bürden des Lebens,
Schien es mir manchmal in glücklichen Jahren,
Daß es gut so sei und Gesang nicht vergebens.

Die Kleine-Leute-Mentalität
Der häusererhaltenden Ordnungsliebe
Hat mich beherrscht. Jetzt ist es zu spät,
Daß ich noch Schneisen ins Weglose triebe.

Diktat

Die eigene Stimme, abgelöst
Vom Mund, der sie spricht,
Konserviert auf Band.
Ich höre mein eben geformtes Gedicht
Und halte mich lächelnd selbst in der Hand,
In der das metallene Schächtelchen liegt,
Das findige Köpfe ersonnen haben.
Nun fragt es sich: hab ich sie besiegt?
Mit Worten der Folie Wert eingegraben?

Rote Waldameise

Ich habe relative Freiheit.
Denn nach drei Stunden Morgenarbeit
In meinem Haus (so konzentriert,
Daß ich gewiß bin, wär es nötig,
Hätt ich den Zeittest gut passiert,
Den, wie man hört, die Inspektoren
Der *Holiday*-Hotels erfanden)
Geh ich hinaus in die Gemarkung
Zu Farnen, Vogelbeern und Sanden.
Ich seh die Rote Waldameise
Hoch tausend ihre Pfade hasten
Und stehe da und weiß mich weise,
Denn ich verteile meine Lasten
So, daß sie mich nicht ganz erdrücken.
Ich trete neben mich hinaus,
Und ein frühkindliches Entzücken
Grünet in meinen Adern aus.

So frei bin ich! Denn was heißt Freiheit?
Des Zwangs bewußt sein, den wir leiden.
Und sich dem Zwang entgegenstemmen.
Nicht aber heißt es: sich bescheiden.

Weigerung

Lehren hab ich genug bekommen.
Doch fragt es sich, ob man daraus lernt.
Auch andre hatten sich vorgenommen,
Ihr Leben zu ändern. Drei Jahre entfernt,
Wollte der Schukschin sich endlich entscheiden,
Nur noch zu schreiben, den Film aufzugeben.
Sein Entschluß war *das* Gramm aus Zweifeln und
Leiden.
Als mans druckte, war er nicht mehr am Leben.

Ich denke, daß wir die nichtigen Sachen
Des Tagesbetriebs zu wichtig nehmen
Und uns, nicht anders, als andre es machen,
Dem allgemeinen Komfort anbequemen.
Wir haben ein falsches Verhältnis zur Zeit.
Den Vorrang der Pflicht rühmen immer die
Alten,
Wie Hausbesitzer schon immer mit Neid
Und Haß die Jungen leichtfertig schalten,

Wenn sie nichts wollten, als einfach leben,
Ihren Tag vertändeln und Zeit vergessen.
Schon immer hieß es: das darf es nicht geben.
Wer nicht arbeiten will, soll auch nicht essen.
Dabei essen wir alle doch viel zuviel
Und könnten uns öfter mit Brot begnügen,
Anstatt der Jugend ihr heiteres Spiel
Zu verderben und sie zu belügen,

Wir wären glücklich, so wie wir sind,
Und im Begriff, die Welt zu gewinnen.

Uns stünde besser, zu sagen: Kind,
Wir müssen uns ändern und wolln es beginnen …
Also fange ich an: ich weigere mich,
Gewohnheiten weiterhin anzuerkennen,
Als wärn sie allmächtig. Ich bin ich
Und will die Dinge beim Namen nennen.

Lust der Entdeckung

Die Dörfer der Kindheit, die sandigen Dörfer
Mit Schneckenschwarz unterm Fliederstrauch
Und Klettengrau der staubigen Sommer …
Der *Ungeist* wütete damals auch,
Wie man erfuhr in späteren Zeiten
Über diese Zeit. Ich aber sah
Erstmals Hühner in Tagschlaf gleiten,
Nistend im Hofmulm. Und es geschah,
Daß sie girrten im halben Schlummer.
Sie schlossen das untere Augenlid!
Lust der Entdeckung! Jenseits von Kummer,
Der die Erinnerung trübe durchzieht.

Aus einem Juni

Ich denke nichts Bedenkliches.
Ich fühle nichts Gefährliches.
Ich rede nur Erbauliches.
Ich führe kein vertrauliches
Gespräch am Telefon.
Die Post braucht heuer doppelt lang,
Bis sie den kurzen Weg passiert.
Man fragt sich, ob man nun auch den
Und jenen Freund verliert.
Abgesehn davon, ist es schön,
Den Juni zu er-leben.
Was aus uns allen einmal wird,
Das wird sich noch ergeben.

Entschluß

Freimut zu bekennen:
Ich bin ich.
Ich werd auf meinem Wege gehen
Und werde sagen, was ich da gesehen,
Und keiner überredet mich,
Das Schwarze auch nur grau zu nennen,
Geschweige denn weiß. Es ist an der Zeit,
Zum Wort, das uns anvertraut ist, zu stehen.
Es mag mir ruhig Schaden geschehen.
Geschieht nur dem Geist der Wahrheit kein Leid.

Verlust

Gab es nicht noch ein andres Gedicht
In meinem Gedächtnis. Wo ist es geblieben?
So fördert es niemand mehr niemals ans Licht?
Ich hatte es noch nicht in Zeichen geschrieben,

Nur Worte tonlos zu Türmen gebaut
Und lautlose Zeilensäule zu Bögen
Verstrebt und den Zeiten vertraut,
Daß sie die Schemen ins Sichtbare zögen.

Nun sind die lautlosen Säulen zerbrochen.
Die tonlosen Türme zerscherbten zu nichts.
Nichts ist geschehn. Ich hab nicht gesprochen.
Das schmerzt mich so wie Verlust des Lichts.

Zeitwind

Die Stimme verlieren –
Furcht aller Sänger. Sie schützen die Kehle.
Aber wie schützt man vorm Zeitwind die Seele.
Dem Dichter kann sie erfrieren.

Sprachlosigkeit

Nun bin ich heute doch froh
Und dachte, traurig zu sein.
Am Morgen war es soso.
Jetzt könnt ich singen und schrein.

Das ist, weil ich endlich den Knebel
Aus der Kehle gestoßen hab
Und durch den Abendnebel
Im Takt meiner Worte trab.

Drei Monate war mir zum Speien.
Sprachlosigkeit würgte mich.
Liebes Leben, kannst du verzeihen.
Lautlos lästerte ich.

Absage

Herausreißen aus den Konventionen,
Dem Marionettenverhalten der Zeit:
Um zwanzig Uhr oder zwanzig Uhr fünfzehn
Sitzt alles in Sesseln und Sofas bereit
Zum Empfang von Gefühlen und kleinen Gedanken.
Millionen sehen das gleiche Bild.
Sie fahren auf Schienen und halten an Schranken
Und sind zu Unterwerfung gewillt.

Wer wählt ein Buch? Wer sucht die Bewegung
Einer Musik, die er sich gesucht?
Wer widersteht der Massenerregung,
Die auf Kommando Heil schreit und flucht?

Vor Ostern

Die Unternehmungen, die wir planen,
Sind über Jahre hin ausgedehnt.
Wir haben uns an die Zeiten gelehnt,
Als käme uns angesichts dessen kein Ahnen,
Daß Tugenden wieder so modisch sind.
Die großen Worte hecken wie Mäuse.
Wir sorgen für Kinder und Kindeskind
Und säubern auf Ostern so unser Gehäuse,
Als könnte nicht schon der Sommer erbeben
Und die Erde bersten mit Megaschall.
Wir trachten vernünftig vernünftig zu leben
Und nehmen den Wahnwitz als Ausnahmefall.
Dabei ist er das täglich Normale.
Wir nächtigen neben dem Pulverfaß
Und lächeln träumend zu Geifer und Haß
Und überhören die Sammelsignale.
So sehr wollen wir an die Unschuld glauben,
Die *ja* nur *ja* spricht, *nein* wie *nein*.
In Sonderheit, wenn sich die Bäume belauben,
Will man nicht ohne Hoffnung sein.

Van Gogh, die anderen und ich

Für Karl Hermann Roehricht

Es wäre für die Welt viel besser,
Ich käme in meinen *Werken* nicht vor.
Einer, dems ähnlich ging, griff sich ein Messer
Und schnitt sich in Trauer herunter sein Ohr.
Mit allem, was er wütig gemalt hat,
Konnte er *sich* nicht zur Ruhe zwingen.
Es quälte ihn etwas wie eine Untat,
Die konnte er nicht zum Schweigen bringen,
Da ist was in uns, das will sich vermischen
Mit allem, was sichtbar und unsichtbar ist.
Wir können unsere Spur nicht verwischen
Und kämpfen um eine Gnadenfrist
Und wollen unsre Unschuld beweisen.
Dabei klagt uns eigentlich niemand an.
Gleichgültig sind wir den Göttern und Greisen.
Doch leben wir von dem Größenwahn,
Daß wir vor einem Weltgericht stehen,
Vor dem jedes Wort verantwortet wird.
Und jeder Pinselstrich wird da gesehen.
Und bei manchem erweist sich: er hat nicht geirrt.

Bitte

Sei sanft, wenn du kannst, das Leben
Ist sowieso hart und schwer.
Vielleicht hat es das früher gegeben,
Jetzt gibt es das nicht mehr:
Leicht sein und einfach leben
Ohne Nutzungs- und Musterungsschein.
Wenn wir uns nicht Liebe geben,
Uns umfangen und uns erheben,
Betonieren sie uns ein.

Kalenderspruch

Gib mir eine kleine Weile,
Gib mir niemals zuviel Zeit,
Meine kleinen Wunden heile,
Aber niemals heil mein Leid.

Zuviel Zeit, zuviel Behagen,
Beides kann ich nicht ertragen.
Seinen Glanz verliert das Glück,
Hat man es in einem Stück.

Nur wenns bricht, wird es erglänzen.
Nur wenns splittert, leuchtets auf.
Freiheit kennt man an den Grenzen.
Ohne Ziel lohnt sich kein Lauf.

Relikt

Erhabener Winkel: Tannen und Farne.
Der verlandete See ist noch deutlich zu sehn,
Auf dessen Grunde die mächtigen Bäume,
Umbrandet vom Farn, wie Leuchttürme stehn.

Nicht eingehaltener Vorsatz

Ich werde nur noch vom Wetter schreiben,
Eine Art poetische Meteorologie.
Was drüber hinausgeht, lasse ich bleiben.
Man weiß ja nie.

Vision

So rein in seiner Sprachlosigkeit
Ist der Tag so weiß in all seinem Schnee.
So stark ist das Licht schon. Ich hör schon die Zeit,
Da ich ihr singend im Grünen geh.

Aussicht

Nur von einem Punkt auf den Hügeln
Sieht man das Land, wie es wirklich ist.
Nur in der Furcht des Verlustes
Weiß ich wirklich, was du mir bist.

Januarabend

Auf den frisch gestoßenen Maulwurfshügeln
Krümmt sich Reif wie Gewürm aus Tau.

Die tausendarmigen Einzelkiefern –
Saugende Kraken am Abendgrau.

Sechs Wintergedichte 1979

Vom schwedischen Freund

Lars Gustafsson aus Västerås
Der Dichter hat eine Frau Madeleine.
Tochter und Sohn:
Lotten und Jon.
Und versucht die Welt
Vom Grund zu verstehn.
Er hat in Oxford
Philosophie studiert.
Und hat auch in
Philosophie promoviert.
Doch der *Satz vom zureichenden Grunde*
Erweist sich als nicht zureichend gut.
(InVästerås fällt so viel Schnee!)
Zureichender: Holzfäller,
Baum Axt Glut.
Madeleine kocht Tee.
(Intellektuelle trinken
Überall Tee.)
Sohn Jon hört die *WHO*.
Herr Gustafsson schreibt.
Draußen fällt Schnee …
Kind Lotten schon Jungfrau!
Die Jahre vergehn.
Noch immer lebt Lars
Mit Madeleine.
Das klingt ganz einfach.
Und heißt doch was sagen.
Vor allem an kalten
Schwedischen Tagen …

Und ihrem Leben gleicht unser Leben.
Wir erfindens nicht neu.
Das ist es eben.

Vom grimmen Januar

Gewaltig her kommt Wind gejagt
Und schleift mit seiner grauen Schwinge
Den frosterstarrten Wald, der klagt.
Sein junges Holz vom Wild zernagt!
Das in den Nächten fast verginge
Und tags ermattet weglängs steht,
Die Krone des Geweihs erhoben,
Die es wie zeitverzögert dreht,
Wie von Mechanik angeschoben.
Kein Fluchtsprung mehr! Im harschen Schnee
Das Trauerspiel der Mäusespuren.
Im Filigran von Fuß und Zeh
Gezeichnet, wie sie feldwärts fuhren,
Von einer Hoffnung angetrieben,
Erinnernd, wo einst Nahrung war –
Und wir mit unsren Eigenlieben
In diesem grimmen Januar.

Von der blauen Mütze

Zweiundsiebzig Mitte Juni
Kam ich aus dem heißen Kasachstan.
Einen Tag blieb ich in Moskau.

Unterbrach die Umlaufbahn
Alma Ata – Schönefeld,
(Und verdiente etwas Geld.)
Auf dem Weg zum Rundfunkhaus
Vom *Rossija* über Brücken –
Jemand dachte sich da aus,
Ich sollte die Welt beglücken
Mit Gerede über Puschkin
Und Dschambul – na, jedenfalls
Traf ich auf ein *Magazin*
Mit so Krägen für den Hals
Und zum Überohrenziehn
Solchen pelznen Pudelmützen.
Und trotz der gesottnen Hitzen
Hab ich Stücker vier gekauft.
(Vater, Mutter und zwei Söhne.)
Heut, wo man vor Kälte schnauft,
Paßt die Mütze mir sehr schöne.
Biberblau und ungefärbt
Ist ihr Fell von Nutria.
Glück ist mancherlei zerscherbt.
Doch die Mütze ist noch da!
Immer sind es Nebendinge,
Die sich mit der Zeit erheben.
Aber, daß ich Mützen singe,
Mußte es erst Winter geben,
Richtig Winter, Kindheitswinter,
Wirbelnd, wetternd, schneiend kalt.
Mich mit meiner blauen Mütze
Kriegt er nicht in die Gewalt!

Von Schulzenhof

In Schulzenhof ist der Winter schön.
Schon in Gransee, der Kreisstadt, ist Schnee
Mehr eine Spezies Dreck. Das Gestöhn
Der Genossen vom Rat und vom Kampfkomitee
Für die besonderen Winteraufgaben,
Das sie gewiß doch gegründet haben,
Kann ich mir vorstelln. Wie umgepflügt,
Knietiefer Schnee grau am Schinkelplatz.
Aber bei uns in Schulzenhof fügt
Sich alles zum Bild. So wie der Satz
Schön ist der Winter. Weiß bleibt der Schnee
Auf den blachen Wiesen. Nur Spuren von Reh
Und Hirsch und Hasen und Mäusen ziehn
Vom Wald übern Weg und die Böschung hin
Durch den Wiesengrund zu den Erlen am Bach.
Und der einzelne Reiher fliegt uns übers Dach,
Von dem die Tränen der Eiszapfen rinnen.
Und Dämmrung ist draußen, und Licht ist drinnen.
Und das macht es noch schöner. Der Himmel ist klar,
Und die erdnahen Sterne des Januar
Glimmern den Schnee. Der Orion klimmt
Wie ein froststeifer Kerl übern Waldhorizont ...
Und die Nacht wird gut, denn der Tag hat gestimmt:
Ich hab mit dem Tode leben gekonnt.

Ansprache an die Amsel im Februar

Turdus merula merula,
Liebe Amsel, wann singst du uns wieder?
Dein Name lateinisch klingt lieblich.
Und lieblich, als wären es Lieder,
Fülln deine Zeichen aus Tönen das Tal.
Ach ja, liebe Amsel, das war einmal!
Doch kommt es nun wohl bald wieder.
Du bliebst ja bei uns und frissest Spreu,
Wenn die Sperlinge Korn dir nicht lassen.
Vor ihrem Schwarm bist du Sänger scheu.
Doch bald wird die Zeit *dir* passen,
Und du herrschst wieder mit Stimmgewalt
Über Garten, Wiese, Bach und Wald,
Und sie könnens wieder nicht fassen,
Daß dein plumper schwarzer Balg so klingt,
All über ihre Begriffe!
Und ihr ganzes schwirrendes Volk vollbringt
Nichts als Schilpen und flüchtige Pfiffe!

Vom Abend des fünften Februar

Ein klassischer Winterabend.
Die Kälte zieht an. Der Wasserduft
Getauten Schnees gefriert in der Luft.
Jetzt ist es schon heller als im Dezember.
Gegen sechs Uhr ist noch Zwielicht zu sehn.
Klar sieht man im Westen die Abendröte.
Nach Süden sieht man den Mond aufgehn.

Vom ganz weißen Schnee steigt weißer Dunst.
Oder ist es die Dämmrung, die langsam aufsteigt?

Das ist die Stunde der Lebensgunst.
So sieht das Glück aus, wenn es sich zeigt.

IV

Trauer nach Süden

Der Absturz ist schrecklich: vom blauen Süden
In dieses gelbe und graue Land.
Ich kann und kann nicht wiederfinden,
Was ich doch früher zu Hause fand.

Ich liebe die Lieder, die südlichen Lieder,
In denen es nur um das *eine* geht.
Ich möchte leben beim Oleander,
Der dort vor jeder Hausschwelle steht

Und der noch auf den neuen Balkonen
Der Hochhäuser in der Heimat ist.
Nur daß mich Deutsche im blauen Süden
Nicht einer braucht und keiner vermißt.

Heimkehr von Struga

Für Tadeusz Różewicz

Nun bin ich in meinem traurigen Land.
Sehr traurig nach den Tagen
Im Süden. Sonst mag ich das Land
Und lebe da ohne Klagen.
Eine Weile: die Sehnsucht nach Sonne vergeht.
Es macht sich wieder. Und man versteht
Die einfachen Alltagsfragen
Der Leute. Man ist wieder frei
Von der billig verliehenen Größe.
Man haßt das poetische Marktgeschrei
Und kennt wieder seine Blöße
Und deckt sie wieder mit Worten zu
Und versieht sich mit neuen Häuten,
Die, abgelegt, eines anderen Tags
Vielleicht anderen etwas bedeuten.
Man zieht seine Spur im eigenen Land,
Ohne sich umzusehen.
Manchmal denkt man an einen, den man verstand.
Und dann denkt man: er wird dich verstehen.

Brief aus Gagra

Sie haben hier einen Himmel
Lila und abends leicht irr.
Die Stadt: eine Brosche aus Gablonz.
Die Bucht bunt von Lichtergeflirr.
Morgens watscheln die Möwen
Wie Enten über den Strand.
Sie suchen nach Vegetabilien
Im bei Sturm überfluteten Sand.
Sie sehen domestiziert aus
Und wie inventarisiert.
Merkwürdig, wenn eine Möwe
Das Möwesein verliert!
Es verliert ja alles die Ursprünglichkeit.
Da ist nichts zu machen: Das ist eine Fabrik,
In der Bräune erzeugt wird und Liebe auf Zeit
Und südliche Nacht mit Maschinenmusik.
Die silbernen Augen der Mädchen,
Die mannlos gekommen sind,
Werden nach wenigen Tagen
Entweder beschlagen und blind
Oder sie triumphieren:
Freundinnen sind entzweit.
Doch die heute das Glück verlieren,
Verlieren das morgige Leid.
Die federnden Körper der Burschen
Gehen synchron mit den Wellen.
Unfaßbar wie die Bewegung,
Mit der die Wasser schwellen.
Die Leiber suchen die Leiber.
Und eine Seele glaubt, sie ist gemeint.
Die alte Geschichte: heut Mädchen,

Morgen Frau, die weint.
All diese Banalitäten,
Bijouterie und Konfektion ...
Und doch hat unter den Städten
Auch diese *ihren* Ton.
Die Kehlsprache der Abchasier
Und ihr verächtlicher Blick,
Mit dem sie die Fremden ausschließen,
Man spürt ihn im Genick.
Sie leben beständiges Leben,
Das flüchtige Menschen blicklos vergißt
Und die Zeit am Triebe der Reben
Und an den Trauben mißt.

Märchen

Einmal im Leben habe ich
Ein vollkommnes Gehäuse bewohnt.
Im *Biser-Hotel* am Ohridsee.
In den Farben des Märchens: Schnee,
Ebenholz und Blut.
Weiß waren die Wände, das Holzwerk war schwarz,
Die wollene Decke war rot.
Schwarz war der hölzerne Gitterbalkon
Und von Geranien rot.
Der Raum war auf meine Seele gestimmt.
Klar war er. Einfach. Nichts
Überflüssiges. Der See
Warf in ihn Wogen Lichts.
Ich war allein. Kein zweiter
Betrat den Raum. So bleiben
Hätte ich mögen eine lange Zeit.
Ich wußte: hier begänne ich zu schreiben,
Von mir und von der Welt befreit.
Ich würde Quader setzen aus den Worten:
Weiß gegen Schwarz. Schwarz gegen Rot.

Man bleibt nicht an vollkommnen Orten.
Und schreibt aus Zwang und in der Not.

Mýkonos

So unberuhigt wie ich bin
(Die Nerven wie vom Eisenkamm gestriegelt)
Fällt mir nichts Heitres in den Sinn:
Ein trüber Teich, der nicht mehr spiegelt.

Die Welt ist schön und nicht nur Schein.
Auf ihr sind auserwählte Orte.
Mýkonos sehn und selig sein!
Im Leib und im Organ der Worte.

Das luft- und lichtempfindlich ist
Und spielt bei starken Lebensfarben
Und das der Rost der Gräue frißt,
Wenn unsre Sinne nördlich darben.

So will ich mir die Inseln malen,
Die weiß dem blauen Meer entsteigen
Und als gefüllte Rosenschalen
Sich in den Schaum der Brandung neigen,

Wenn Abend wird und Rauch von Flechten,
Die man verfeuert, meerwärts zieht …
Und unwillkürlich in den Nächten
Des Südens wird das Wort zum Lied.

Erinnerung an Suchumi

Die Brennesseln duften wie Lebensbaum.
Bitter. Wenn Abend die Düfte einkühlt.
So haben wir damals im Süden gefühlt,
In jenen für immer suchumischen Tagen,
Als wir begannen, das Leben zu fragen,
Frei. Ohne Argwohn und ohne Scheu.
Da schien es uns, alles wird mit uns neu.
Unser Wort wird gebraucht, und wir werden es sagen.

Jetzt haben wir Scheu und Argwohn gelernt.
Freiheit und Freunde sind von uns entfernt.
Entfernt hat sich von uns das südliche Meer.
Mit dem Nesselduft kommt die Erinnerung her
An das, was wir waren und sein hätten sollen,
Wär es gegangen, so wie wir wollen.
Was uns bleibt, ist das Wort, und wir werden es sagen,
Ob mans braucht oder nicht, ob mans schmäht oder lobt.
So haben wir einst in Suchumi beschlossen.
Und wenn auch Lüge gegen uns tobt:
Wir grüßen jenes Sommers Genossen!

Eichengrün

Eichengrün. Anderes Grün.
Kein deutsches Grün. O kaukasische Eiche.
Auswärts von Gagra, der lieben Stadt.
Der ich Gesuch um Vergebung einreiche,
Weil ich einst aufschrieb, was mich da kränkte:
Ich schrieb über ein mir mißliebes Bild.
Aber ich habe zuwenig geschrieben,
Was mir da mild
War: die seidenen Tage.
Der große Rundhorizont überm Meer.
Nächtlich alte Zikadenklage.
Und vor allem die Eiche, die schwer
Wie ein Felsstumpf am Hügelhang steht.
Vom Reisigrauch aus den Gärten umweht.
Wo alte Mütter mit Heiligenhänden
Leben glätten und Zeit abwenden.
Unter der Eiche kam mir eine Alte nah,
Wie es einst meine Großmutter war.
Sie ist an mir vorübergegangen.
Und ich habe ihrem Geruch nachgehangen.
Ihre Röcke rochen nach Backrauch von Brot.
Und nach Sonne roch ihr verwittertes Haar.
Sie war schon so alt und ist vielleicht tot.
Doch sieht sie mir nach über Tag und Jahr
Wie sie mir nachsah. Ich war ihr fern
Und fremd: eine bleiche Verneinung
All ihres Lebens. Doch steht sie für mich
Im Dunkel der Eiche als Lichterscheinung.
Eichengrün. Kaukasisches Grün.

Kein deutsches Grün. Das ganz und gar andre.
Gegen das die geborstenen Lehmerden glühn.
Über die ich im Wind der Erinnerung wandre.

Sie

Die launische Tochter der Logik,
Die Poesie, das willkürliche Kind,
Läßt sich beliebig von Freiern umschwärmen,
Bespringen von jedem Wirbelwind.
Sie läßt sich umbuhlen von Narren und Weisen.
Jedem leiht sie ein lächelndes Ohr.
Aber zur Liebe läßt sie sich hinreißen,
Wirft einer ihr röchelnd die Perlen vor,
Die er getaucht hat vom tiefsten Grunde,
Entraubt hat seinem Innenmeer.
Zurück bleibt die Muschel mit klaffendem Schlunde.
Der schließt sich über der Leere nie mehr.

Kolo

Soll ich gehen, soll ich nicht?
Ein paar Tage südwärts fliegen,
Unterm makedonschen Licht
Ohne meinen Schatten liegen?

Wird es mir noch mal gelingen,
Deutsche Häute abzustreifen
Und beim *Kolo* mitzusingen,
Ohne etwas zu begreifen?

Wenn ich in den Spiegel spähe,
Sage ich mir: laß es bleiben!
Schließlich kannst du aus der Nähe
Dichtend in die Ferne treiben.

Du hast alles schon genossen
Und gesehen und geliebt.
Deine Jugend ist verflossen.
Wohl dem, der sich drein ergibt.

Wie ich so vernünftig denke
Und bewußt Entschlüsse fasse,
Tauche ich in meine Schränke
Und probiere, ob er passe,

Den verwegen roten Rock,
Den ich letztes Jahr getragen.
Und ich denke: mit dem Stock
Sollte man dich Alte schlagen.

Die Brücke

(Zeitweil habe ich das Gefühl,
Ich muß ein Destillat aus mir treiben.
Druck muß erst sein. Dampf muß erst sein.
Dann aber muß er fallen. Kühl
Muß man den Rückschlag, das Wort, hinschreiben.)
Grüß euch, Freunde, am Ohridsee!
Ob ihr mich wohl in Struga vermißt?
Ihr trinkt heut Wein, ich trinke Tee.
Wie es bei Krankheiten üblich ist.
Wär ich nicht krank, ich wäre mit euch
Kokons von Dichtern, die in euch stecken,
Und redete rauschhaft närrisches Zeug,
Nur um ein wenig Nähe zu wecken
Und über die Ferne hinwegzutäuschen,
Die einen Dichter vom anderen trennt
Und durch den Nebel von Reden und Räuschen
Im Auge des Freundes feindlich entbrennt.
Es gibt keine Brücke. Es kann sie nicht geben.
Ein jeder von uns lebt in Einzelhaft.
Doch ist unser ganzes Dichten und Leben
Nur dazu gut, daß es Brücken schafft.

Bergwärts

Plötzlich flattert Freude auf,
Tastet mit dem Falterfühler:
Wer nicht fliegen kann, der lauf!
In den Morgen, den ein kühler,
Silberweißer Wind durchsirrt,
Der vom Waag-Fluß kommt. Zur Nacht
Warn wir im Geruch verirrt,
Den das Gras beim Welken macht.
Ach man hat das Gras gehauen
Und den Juni angefangen!
Und noch hatten wir dem blauen
Mai nicht richtig angehangen.
Hinterher! Wer lehrt uns fliegen?
Freude wie ein Falterflügel!
Bergwärts und noch einmal liegen
Herzbestürzt am Frühlingshügel.

Moravani

Gegen der Sonne über.
Bei Odermennig und Mohn.
Bei Rotklee, bei Weißklee. Und drüber
Der Nachtigallen Ton.

An solch einem blauen Morgen
In Moravani zu sein!
Für nichts als ein Gärtchen zu sorgen:
Sieben Handtücher klein.
Und Hühner haben und einen
Weiß marmorierten Hahn
Und wissen: ich habe keinen
Schritt von dem Wege getan,
Den *Gott* mir vorgeschrieben,
Als er mich leben rief ...
So wird er mich *ewig* lieben,
Wenn meine Zeit ablief ...
Indessen Kirschbäume pflanzen.
Mit den Früchten zu Markte ziehn
Und feiertags singen und tanzen:
Das freut und lobet ihn!

O Einfalt des Reisigrauches,
Der abends das Dorf durchzieht.
Waschblau des alten Gebrauches.
Auf Spindeln gedrehtes Lied.

Und auf dem Hügel liegen,
Geliebt, bepflanzt und beweint –
Über siebzig hölzerne Stiegen,
Wo früher die Sonne scheint

Als im Dorf – die ehrbaren Toten:
Manželka Amalia und *er*,
Und *sein* Wald sendet fliegende Boten,
Tannsämlinge, zu ihm her.

Der Horizont ist umfangen
Von Bergen. Ein reiner Kreis
Aus durchsichtig blauen Volangen,
Wenn es Mittag ist. Dunstig und heiß.

Am Zaun ranken Feuerbohnen.
Bald kommt ihre rote Zeit.
Dann in Moravani zu wohnen!
Aber ich bin dann schon weit.

In einer alten Stadt

Nach Hermann Hesse

Ich bin in Kazimiercz gewesen.
Ist eine alte Stadt.
Ich hatte von ihr nie gehört noch gelesen,
Daß sie Häuser der *Wiedergeburtszeit* hat.
Eins heißt *Zum Heiligen Christophorus*
Und erzählt die Legende vom Kinde schön.
Und unter der Stadt fließt der Weichselfluß,
Der hat die frommen Erbauer gesehn
Und nicht gesehn. Die Wasser sind
Vorübergeflossen. Vorbei.
So wie der ewig vergängliche Wind
Singt um die Klerisei,
Die über der Stadt auf Dauer steht,
Geschlossen zum weißen Quadrat,
In dessen Grashof ein Brünnlein geht
Und dient den Amseln als Bad.
Eine Katze kam mönchisch gemessen einher.
Arglos. Tötung im Sinn.
Das Gemäuer war von Geschichte schwer,
Zeit ging über uns hin.
Doch hab ich da auch die Unschuld gesehn:
Einen schwebenden Hirsch aus Holz.
Ich wollte weinen, so war mir geschehn.
In eins fielen Demut und Stolz.
Tereza kaufte uns Weizenbrot,
Einen ritterlich blanken Hahn,
Der schrie: ihr Mädchen, macht mich nicht tot,
Ihr Kinder, tut mirs nicht an!
Dann bin ich aus Kazimiercz gefahren
In Abend und Ebne hinein.
Im schwarzen Kleid eine Frau bei Jahren,

Wie eine Gestalt aus Stein,
Auf hohem Balkon am neuen Haus,
Das nackt vor der Ebene stand,
Sah in ihr vergangenes Leben hinaus.
Und Schatten fiel über das Land.

Sabah

Neunundsiebzig Rosensträucher
Habe ich in meinem Garten.
Allerlei vertrackte Sorten:
Über-Unter-Nebenarten.

Nicht mal weiß ich, wie sie heißen.
Ich bin keine Gärtnerin.
Doch die Namenlosen reißen
Mich zum Namengeben hin.

Porzellanenweiße Schöne
Mit den morgenroten Rändern,
Rein wie erst gedachte Töne:
Nicht in südlich reichen Ländern

Habe ich dich je gekannt!
Erst mein träumerisches Mühen
Ließ aus unserm armen Sand
Morgenröte auferblühen.

Morgenröte sei der Name!
Sabah will ich sie benennen!
Neunundsiebzig Rosenseelen
Solln in meinen Namen brennen.

Welle

Ich antizipiere den Tod.
Das Eingehn ins eigentlich Sein.
Ich hatte schon so ein Todesgrauen,
Nächte von solchem Außermirsein,
Daß meine Haare mir sternwärts standen,
So zog mich der Sog ins saugende Nichts.
Bis rasend die Ängste zu Wirbeln sich wanden.
Urnebel. Dann: Geburt des Lichts.

Jetzt weiß ich: Sterben wird morgendlich sein.
Ein Heben der Welle ins gleißende Meer.
Eintauchend werde ich: »Leben!« schrein.
Denn nun tötet mich keiner mehr.

Strahlung

Die Leute meinen immer, Gedichte
Werden aus Worten gemacht
Und sind nichts weiter als Lebensberichte,
In Reim und Rhythmus gebracht.
Dabei sind Gedichte unsichtbare Wesen,
An die wir manchmal streifen.
Was wir mit unseren Augen lesen
Ist nicht mehr, als was wir begreifen
Von einem Rätsel, das Strahlung heißt
Und ewig bewegt ist in sich
Und das uns aus unseren Bahnen reißt
Und schleudert dich gegen mich.
Was sind schon Worte? Worte sind leicht.
Das Leichteste auf der Welt.
Und mit Worten allein hat noch keiner erreicht,
Daß die Zeit in den Raum einfällt
Und stehenbleibt und geht nicht mehr
Vor und nicht mehr zurück.
Gedichte sind Antimaterie. Schwer.
Monolithisch. Wie der Tod. Wie das Glück.

Beweis

Schöne schöne Liebe. Im Juni der Rosen
Wer sagt nicht mehr jung
Heiß beieinander liegen
In der weißen Dämmerung.

So gibt es doch Glück. Wer hat
Es uns anders gesagt.
Der Beweis des Glücks findet statt
Zwischen dir und mir bis es tagt.

Inhalt

I

II

III

IV

AtV

Band 1322 **Eva Strittmatter**
Heliotrop
Gedichte

127 Seiten
ISBN 3-7466-1322-1

Diese Gedichte sprechen von Erfahrungen, gewachsen in den Zerreißproben des Alltags. In ihrer wunderbar klaren Sprache beschreibt Eva Strittmatter die Trauer um reduziertes Leben, die zermürbenden Konflikte zwischen bindenden Pflichten und eigenen Wünschen, die Ängste vor Alter und Vergeblichkeit. Aber wie in einer Legierung, die Leben heißt, sind solche Momente des Schmerzes mit denen ruhiger, besonnener Bejahung verschmolzen. Die ungestüme Freude über erste Zeichen des Frühlings gehören dazu wie das Nachdenken über die Botschaften der Natur und über die Werte, die in Erinnerungen ruhen. Eva Strittmatters Gedichte sind poetische Zeugnisse rückhaltloser Selbstprüfungen.

AtV

Band 1321 **Eva Strittmatter**

Die eine Rose überwältigt alles

Gedichte

140 Seiten
ISBN 3-7466-1321-3

Die Gedichte rebellieren gegen den täglichen Tod durch Selbstaufgabe und Gewöhnung. Was bleibt von den eigenen Lebensansprüchen, wenn Pflichten Grenzen setzen, der Alltag Einsicht fordert und Verzicht? Wie ist die Balance zu finden, um *übers Seil zu laufen und dabei zu singen?* Eva Strittmatter gibt die Erfahrungen solcher Versuche in eindringlichen, intimen Bildern wieder. Sie spricht von den schmerzhaften Widersprüchen, die dabei auszuhalten sind, von den Anstrengungen, sich der Verführung zur Lauheit zu widersetzen, und vom notwendigen Mut, die eigenen Schwächen beim Namen zu nennen. Ihre Gedichte bezeugen auch die Wurzeln ihrer Kraft, solche Selbstherausforderung zu bestehen: die liegen in der Bereitschaft, sich offen zu halten für die Signale der Welt – V*erführt / Vom Leben lebe ich.*

AtV

Band 1007 **Eva Strittmatter**

Einst hab ich drei Weiden besungen

Gedichte

240 Seiten
ISBN 3-7466-1007-9

Eva Strittmatters Gedichte beschreiben den Alltag in schönen, anrührenden Bildern. Sie erzählen von der Natur, den Zeiten des Tages, des Jahres und des Lebens. Sie lehren hinzusehen und machen nachdenklich, Idyllen sind sie nicht.
Das Taschenbuch, ein Brevier für jedermann, ist die Essenz langer Schaffensjahre.

AtV

Band 1320 **Eva Strittmatter**
Mai in Piešt'any

214 Seiten
ISBN 3-7466-1320-5

Zum zehnten Mal sind Eva und Erwin Strittmatter im slowakischen Kurbad Piešt'any, wie immer im Mai, und wie immer treffen sie dort eine bunte, zusammengewürfelte Gesellschaft an, eine Ballung von Lebensgeschichten. Eva Strittmatter ist eine genaue, unbestechliche Beobachterin, gewohnt, hinter die Dinge zu sehen, wenn sie diese Verwirrung von Welten und Werten beschreibt und ihre Reflexionen daran knüpft: Gedanken über Zeit und Existenz, über den Preis des Schreibens, über Schicksale, die sie berührten. Mit fast unheimlicher Konsequenz, von bohrenden Selbstzweifeln getrieben, gleiten diese Assoziationen über zu den schmerzhaftesten, brennendsten Fragen der eigenen Existenz, für die sie sich kein Ausweichen mehr gestattet: Wo liegen Schuld oder Recht, wenn es um den Anspruch auf den eigenen Weg geht? Was bleibt, wenn man, dem anderen zuliebe, sich reduziert, auf Freiheiten verzichtet, die man braucht, damit man schreiben kann?

AtV

Band 1325

Eva Strittmatter
Briefe aus Schulzenhof 1965–1992

3 Bände in Kassette

ISBN 3-7466-1325-6

Diese Sammlung von Briefen Eva Strittmatters aus der Zeit von 1965 bis 1992 enthält ein Kompendium an Lebensäußerungen, gerichtet an Freunde im In- und Ausland, an Schriftstellerkollegen, Leser, Übersetzer, an die Söhne. Die Briefzeugnisse berichten vom Alltag in Schulzenhof, vom Leben Eva und Erwin Strittmatters, von den Höhen und Tiefen ihres literarischen Schaffens, ihren Auseinandersetzungen mit Tendenzen, Meinungen, politischen Wetterlagen.
Ob die Themen von privatem oder persönlichem Belang, die Empfänger bekannte oder unbekannte Personen sind: die Korrespondenz verdichtet sich zu einem Stück deutscher Kulturgeschichte.

AtV

Band 5420

Erwin Strittmatter
Der Laden

Romantrilogie

3 Bände in Kassette

1504 Seiten

ISBN 3-7466-5420-3

Der Laden ist der magische Punkt in Erwin Strittmatters Romantrilogie. Hier treffen sich die Bossdomer, die Einwohner des kleinen Heidedorfes in der sorbischen Niederlausitz. Sie kaufen ein und erzählen sich Neuigkeiten. Esau Matt, gelernter Bäcker und heimlicher Schriftsteller, beobachtet und sammelt menschliche Eigenarten. Er erzählt von seiner Familie, den Zerwürfnissen und Versöhnungen. Dorfalltag und Weltgeschehen vermischen sich auf amüsante und skurrile Weise: »Ob Sommer, ob Winter, ob Krieg, ob Frieden – das Merkwürdige ist stets unterwegs.«

AtV

Band 5426 **Erwin Strittmatter**
Der Wundertäter
Romantrilogie

3 Bände in Kassette
1555 Seiten
ISBN 3-7466-5426-2

Die »Wundertäter«-Trilogie, 1957, 1973 und 1980 entstanden, zeichnet den dornenreichen Weg des Stanislaus Büdner aus Waldwiesen vom poetisierenden Bäckergesellen zum kritischen Schriftsteller nach. Mit Erwin Strittmatters unverwechselbarer Erzählkunst aus Poesie, Menschenkenntnis und Humor gehört sie zu den großen Werken der neueren deutschen Literatur.

AtV

Band 1279 **Heinz Kahlau**

Du

Liebesgedichte

131 Seiten
ISBN 3-7466-1279-9

Dieser Gedichtband ist zum Kultbuch geworden. Immer wieder neue Lesergenerationen lassen sich einfangen von den schönen, schlichten Bildern, in denen Heinz Kahlau das immerwährende Thema Liebe beschreibt. Sie erzählen vom Sichfinden und vom Abschied, von Sehnsucht und Erfüllung, von jener Kraft, die aus der Liebe wächst. Nur mit ihr, so bezeugen es diese Gedichte, ist das Glück dauerhaft zu machen, kann der Alltag zum Ort werden, in dem sich die Liebe ein Haus baut.

AtV

Band 1569 **Heinz Kahlau**

Zweisam

Liebesgedichte

141 Seiten
ISBN 3-7466-1569-0

Heinz Kahlau macht aus der Liebe kein Mysterium. Im Gegenteil. In seinen Gedichten gehört sie zum Alltag. Nur hier, und nicht im siebten Himmel, kann sie wurzeln. Wie im realen Leben sind auch in diesen Gedichten die Gesichter der Liebe höchst unterschiedlich, wenn nicht gar gegensätzlich. Glück steht neben Enttäuschung, Besitzenwollen neben Toleranz, Hingabe neben dem Bedürfnis nach Distanz. »Liebe«, sagt Heinz Kahlau, »ist von allen unseren Möglichkeiten die menschlichste.« Sie zu leben setzt sehende Augen voraus, nicht blinde, und beginnt mit rückhaltloser Selbsterkenntnis. Dazu wollen diese Gedichte provozieren. Die Auswahl aus älteren und neuen, bisher unveröffentlichten Gedichten in der poesievollen, schlichten Sprache, für die Heinz Kahlau bekannt ist, setzt die Gedanken zum Thema Liebe des inzwischen zum Kultbuch gewordenen Bandes »Du« fort.